反斗群英 8

開心放暑假

梁望峯

小天地
Little Cosmos

人物介紹

夏桑菊
成績以至品行也普普通通的學生，渴望快些長大。做人多愁善感，但有正義感。

黃予思（乳豬）
個性機靈精明，觀察力強，有種善解人意的智慧。但有點霸道，是個可愛壞蛋。

姜C
超級笨蛋一名，無「惱」之人，但由於這股天生的傻勁，令他每天也活得像一隻開心的猴子。

胡凱兒
個性冷漠，思想複雜，口直心快和見義勇為的性格，令她容易闖出禍來。

孔龍（恐龍）
班中的惡霸，恃着自己高大強壯的身形，總愛欺負同學。

KOL

年紀小小的 youtuber 和 KOL，性格高傲自戀。

呂優

班裏的第一高材生，但個子細小又瘦弱，經常生病。

蔣秋彥（小彥子）

個性溫文善良的高材生，但只有金魚般的七秒記憶，總是冒失大意。

方圓圓

為人樂觀友善，是班中的友誼小姐。胖胖的身形是她最大的煩惱，但又極其愛吃。

曾威峯

十項全能的運動健將，惜學業成績差勁。好勝心極強，個性尖酸刻薄，看不起弱者。

目錄

群英小學

第1章
最有意義的
暑假活動

　　漫長的暑假開始了，小三戊班一群正準備升上小四的同學們，各有各的暑期活動。

　　蔣秋彥和方圓圓都是西環的街坊，她倆也上同一個**芭蕾舞班**，所以經常相約出來遊玩。

　　即將成為小學四年級生，方圓圓好像有點擔心：「安老師主要教低年級，應該

不會續任小四的班主任了吧？不知道誰是我們新班主任呢？我也不知會否仍能跟一群舊同學，繼續做同班同學呢？」

　　秋彥當然明白這位朋友的憂慮。事實上，每年九月一日開學日，大家的心情也是既興奮又擔心。興奮的是又升上一級，

在學校裏的「地位」又提高一些，變成了大哥哥大姐姐；擔心的是到了新的課室，一切都是未知之數，不知能否適應。

秋彥也有感而發：「對啊，一群同學在同一個課室裏共對了足足一年，好不容易才建立起的感情，但去到新的班級就必須重新來過了。但這也是沒辦法的啊，只好告訴自己，這是結識另一些新朋友的機會吧！」

方圓圓想想也對。也許她會遇上另一群不認識的朋友，繼而獲得更多的友誼。

她也關心的問：「秋彥你呢？快升上小四，你有沒有擔心的事？」

秋彥想了一下才說：「有啊，我最擔心的有兩件事。第一件事，就是班主任會再找我當**班長**。」

方圓圓很驚訝：「為甚麼啊？你的性格**樂於助人**，也有領導的能力，很適合當女班長啊！」

秋彥卻搖了搖頭，慢慢地解釋：「我不想再當女班長，跟我擔心的第二件事有關啊！因為，我擔心功課會愈來愈加重，考試會愈來愈**艱辛**，我怕應付不了，不想因任何事而分心了！」

方圓圓還是不大明白：「我的成績一向也不好，每年最擔心的就是會否留班。

但你的成績總是 名列前茅，應該不用
太擔心吧？」

　　秋彥將爸媽告訴她的事，轉告給方圓
圓：「小學五、六年級的校內考試名次，
將會成為教育局的評核成績，決定派位去
哪一間中學。所以，由小四開始就得準備
就緒，否則就會太遲了啊！」

方圓圓聽到這裏，不禁打了個哆嗦：「太可怕了，我好像又多了一件事要擔心啦！」

秋彥這才察覺自己講得太多，給了方圓圓很大的壓力，所以她拍拍這位好友的手背，笑着安慰：「也許，我也擔心得太早、太杞人憂天了。距離小五畢竟還有一年時間啊！」

方圓圓笑笑：「幸好你提早提醒了我，我也會加緊溫習，希望可以將勤補拙吧。不是有個電視廣告口號説：『未雨綢繆，總好過臨渴挖井嗎』？」

秋彥搖頭苦笑：「其實，那是出自朱

柏盧《治家格言》的一句:『宜未雨而綢繆,

毋臨渴而掘井』演變而來的啊!」

　　方圓圓呆了半晌才認真地問:

「你這到底是人腦還是電腦啊?

你真是一名奇怪的**高材生**啊!」

　　秋彥也忍不住笑:「對啊,我也覺得

自己怪怪的,不必強記的就會**牢牢記**

住,應該牢記的總是忘記了。」

　　方圓圓向她單一下眼:「就好像同分

母分數加減運算法。」

　　數學科是秋彥表現最差的

一科,她永遠都是聞「**數**」色

變,尤其是同分母分數加減運

算法好像老是不懂運用。方圓圓的話真是**一語中的**，但這是朋友之間無傷大雅的玩笑。

秋彥裝作氣鼓鼓的說：「對啊，就好像同分母分數加減運算法！」

兩人笑作了一團。

這一天，正值炎夏七月尾，天氣熱得像個**火爐**，兩人又參與了一家茶餐廳向長者派飯的活動。她倆已做了幾次義工，可說已**駕輕就熟**。

店老闆很有心，希望一個小小的飯盒內也可注重營養，所以使用了內裏分開一大格和三小格的飯盒，方圓圓和秋彥這次

的任務，就是幫助廚房內的員工們，分配飯盒的食物。

她倆要在兩小格放兩種不同的蔬菜、一小格放五顆小蕃茄，然後在大格裏放白飯和一塊巨型的雞扒。饞嘴的方圓圓一邊把配菜夾進飯盒內，一邊看着一塊塊煎得很香的雞扒，她幾乎要餓暈。

當她倆捧着處理好的飯盒到店門前的餐桌，準備等一下可送給長者們，卻跟兩個臉熟的人碰見了，四人打個照面，皆露出了驚奇的表情。

四人幾乎同一時間喊出一句話：「你們怎麼會在這裏啊？」

是孔龍和曾威峯。

方圓圓見到兩個男生衣襟上貼着「義工」的貼紙，恍若大悟的說：「咦？你們也來當**義工**啊？」

　　孔龍和曾威峯的神情卻有着同樣的尷尬，好像做了壞事卻給撞破似的。孔龍故作輕鬆地説：「我閒在家裏太苦悶了，所以才會找點事做啊！剛好見到這裏有招募派飯活動的義工，便來湊熱鬧囉！」

　　曾威峯也好像替自己辯護似的，他説：「我本來打算去打籃球或踢波，但天氣實在太熱，根本約不到人啊！我又不太喜歡玩遊戲機，與其每天無聊地睡午覺，倒不如做些有意思的事吧！」

　　秋彥瞧見兩男生一臉尷尬，也猜到給同學撞見兩人做義工，好像是個笨蛋吧？她當然沒有取笑他們，反而欣賞地點

頭，確定他們的功勞：「做義工很好啊！既可幫助別人，也可讓自己覺得快樂。」

孔龍和曾威峯異口同聲：「對啊！幫到有需要的人，真的很快樂！」

得到「成就解鎖」，孔龍的心情放鬆下來，他滿臉擔憂地說：「我們剛來到，卻發現很多公公婆婆已在門外排隊。下午五時開始派飯，現在才四時多啊，我見大家也很熱很辛苦！」

自從跟嫲嫲參與派飯活動後，秋彥對長者的心態多了幾分了解，她嘆口氣說：「因為，他們不是貪心，而是真的很需要這一個飯盒。也擔心因來遲一步而錯失了

可省掉一點錢的**寶貴晚餐**。」

　　各人也聽得動容。

　　是的，雖然香港是個**大都市**，但仍然有很多平民百姓，為了生活而想節衣縮食，甚至連吃一餐也要左計右算，**苦不堪言**。

孔龍好好想了一下便說：「我想到辦法了，希望會令等候的長者們舒適一點。」他告訴三人接下來要做甚麼，各人聽完馬上同意，即時行動。

距離派飯活動還有一個小時，但茶餐廳門外的人龍連綿不斷的已排到了街角，拐角之後又再排了幾十人。但由於烈日當空，每位老公公和老婆婆也慘受曝曬之苦。秋彥和方圓圓一同疏導了排隊的人群，引領了他們改到餐廳附近的一幢大樓的後巷排隊，那處並沒有陽光直曬到，加上巷子有涼風送爽，長者們舒服得多了。

　　而孔龍和曾威峯則走到店內，把本來在派飯時會隨飯盒一同派發的一枝礦泉水，向大家提前派發。當四人派水時，老公公和老婆婆們都露出了感激的神情，讓四人都深受**感動**。

　　最後，派飯活動非常成功，三百個飯盒在四十分鐘內全部派完。叫四人難忘的是，有些老婆婆竟由於順利地拿到一盒飯而**笑逐顏開**，卻也眼泛淚光，這讓他們覺得很心痛。

　　派飯活動結束後，茶餐廳老闆**熱情**地請四人留下，送各人一客**豐富**的下午茶餐。趁蔣秋彥和方圓圓走了出去跟老闆

商量下一次的派飯活動，孔龍忍不住稱讚了曾威峯一句：「哈哈，雖然你看來總是高傲又尖酸刻薄，但原來做起善事時很認真，你的心地也不算太壞啊！」

　　曾威峯累到眼皮也睜不開，原來做義工竟然比打一場籃球賽還要累呢！他明知孔龍在稱讚他，但他很不好意思的鬥嘴：「哈哈，真巧啊！我正想說，雖然你平時像一頭喜歡欺負人的熊，但這一天卻像熊貓啊！」

　　孔龍從**兩管鼻孔噴煙**，好像又
想追打曾威峯了，曾威峯平日一定會奉陪，
（因為孔龍跑得不夠他快嘛），但這一天
他卻舉起了凍檸茶的杯子說：「今天辛苦
了！」

孔龍笑笑，也舉杯跟他一碰：「不辛苦，太值得了！」

兩人走到老闆面前，看了看方圓圓和秋彥一眼，四人交換一個會心微笑，對老闆一同愉快地說：「有用得着我們的地方，儘管告訴我們吧！」

對他們來說，**幫助別人**就是最好的暑期活動了。

第2章

KOL 的煩惱

　　暑假期間，簡愛收到了一個好消息，有一家**著名**的果汁公司用電郵聯絡她，邀請她幫忙宣傳一款橙汁新產品，酬金有三千元。

　　簡愛心情實在太興奮了，想也不想便一口答應。對方也很高興**一拍即合**，他們會寄出新產品，好讓簡愛可以在她的 YouTube 頻道上做宣傳。

　　簡愛向姐姐和媽媽宣佈這個好消息，

大家也很替她高興，可是媽媽忽然問了一個問題：「對啊，那款新橙汁在哪裏？你怎知道味道是如何的？」

簡愛告訴媽媽：「果汁公司會提供一份**宣傳稿**，他們告訴我，只要照着稿子讀出就可以了。」

姐姐和媽媽互望一眼，兩人臉上也好像有**難言之隱**，簡愛追問：「是不是有甚麼事？你們告訴我吧！」

　　媽媽老實地說：「你還未試過那個新產品，又怎知味道會如何？要是你也很不喜歡呢？那麼你仍要**熱情推介**給大家嗎？」

　　媽媽的話講中了重點，簡愛想想也對，但她有點**勉強**地說：「不會啦，那個是大品牌，出品總不會太差的啦！」

　　媽媽只好順應着她的話：「你說得對，希望如此啦！」三母女又回復了歡笑。

　　晚上時分，簡愛**輾轉反側**，就是

一直睡不着。她走出客廳，見到姐姐坐在沙發追看厚厚的「魔戒三部曲」小說，她走到姐姐身邊，**不吐不快**地說：「其實，媽媽說的話沒有錯，我還未試過那個產品，怎麼知道它好與壞？我卻連試也不試，便隨隨便便地介紹給大家了。」

姐姐合上了書，微笑一下問：「你先告訴我，為甚麼想接這個廣告？」

簡愛想了一下，苦笑說：「因為，那就是我叫自己 KOL 的原因啊！」

回想起來，簡愛最初決定開一個 YouTube 頻道，就是希望將自己的所見所聞，和自己最喜愛的事物，跟網友們一

同分享。她立志要做一個KOL（英文 Key Opinion Leader 的簡寫），中文直譯就是「**關鍵意見領袖**」，她希望做一個網絡上有影響力的人。

簡愛對自己非常失望地說：「沒想到的是，當我真的得到了廣告商支持，心情卻是忐忑不安，那是新產品，我見也未見過，怎麼知道它值得推薦呢？我恐怕會辜負了別人對我的信任！」

姐姐安慰她：「情況可能並不如你想像中的壞，你別想太多了。你有時間就該想想明天的 YouTube 節目裏，要跟網友們推介甚麼暑假好活動啊！」

簡愛想想也對，到了這一刻，她還未見過那個她將會熱情推薦給大家的橙汁呢！她只好專注去準備明天的節目，讓自己忙碌起來，那就是忘掉煩惱的好辦法了！

兩天後，果汁公司請速遞公司送來一箱共三十六盒的 **橙汁**，三母女一同來試飲一下，媽媽和姐姐皆稱讚它蠻好飲的，反觀簡愛只飲了兩口便停下，覺得它實在太甜了。

她再認真地研究了紙包盒上的成份標示，不禁更擔心了：「果汁公司說這個飲料的主要對象是小學生，但橙汁的含糖量有 10.2 公克，糖份不會太高嗎？對成長中的小朋友健康有影響的啊！還有，雖然它強調有 80% 是純橙汁，但味道好像真有點假！」

媽媽和姐姐見簡愛**諸多挑剔**，也明白她的憂慮，她太疼愛一群網友，不希望大家花了錢也賠了**健康**。

這時候，電視正好播出了新橙汁的廣告：六名小童踏着艱辛的腳步登山，當大家終於**滿頭大汗**的抵達了山頂，眾人

從背囊內拿出了飲料，竟然都是同一款橙汁，他們為了這種不約而同而**驚喜不已**，齊齊舉着紙盒一碰乾杯，然後大家恍如馬上口渴盡解，一齊露出了開心的表情。由無人機拍攝的鏡頭迅速拉遠了，只見整個山頭只有六名小朋友，眾人**開懷暢談**的樣子很動人。

簡愛非常無奈，她不知那群小演員會不會也不喜歡手中的橙汁？但他們也表現得開心又自願，簡愛很佩服他們的**專業**。

簡愛介紹橙汁的直播開始了，她從未試過那麼緊張。雖然果汁公司已替她準備了一份講稿，她也一早背得**滾瓜爛熟**，

但她總覺得自己會表現失準。

　　直播開始了，簡愛打足精神，向着桌頭的手機鏡頭說：

　　「各位網友大家好！不知你們昨天有沒有看電視？其中一個橙汁廣告我非常喜歡，也因此吸引我到樓下的超市買來一試囉！」

然後，簡愛從書桌旁邊拿出了一盒紙包橙汁，把橙汁伸到鏡頭前，跟觀眾們説：「買回家後，我一直沒有試，等到現在才正式『開箱』，跟大家第一時間分享它好不好飲。」

　　説罷，她便取出吸管呷了一口，她本來想説：「這橙汁真的不好飲！」可是，當她看着手機後面那一張字體斗大的提示紙，她終於明白甚麼是身不由己了。所以，她只好掀起了一個十分滋味的驚喜笑臉，跟着稿子讀：

　　「嘩！太好飲了！我已很久未喝過那麼鮮甜味美的橙汁了，那就像剛鮮榨出來

的橙汁，我甚至可喝得出粒粒的果肉……」

　　直播完畢之後，簡愛木無表情地收拾着器材，不想妨礙她表演的媽媽和姐姐，這時候才敲門進她的睡房來，簡愛一看到兩人，忽然再也忍不住情緒，跟她們傷心地說：「一直以來，我說每一句話也是理直氣壯的，因為句句話也出自真心啊！但我剛才卻說了違背良心的話，我騙了所有信任我的人，我好難過。」

　　媽媽和姐姐走過來攬着簡愛的肩，媽媽對她溫和地說：「我在公司裏經常會收到電影的首映票，一開始時我總會興奮地出席，但後來就不願再去了。因為，只

要我應邀出席了首映，也就是受了別人的恩惠，當別人問我這套戲好看嗎？就算我有多不喜歡，我也不敢批評一句，反而要美言一番，說電影實在**太精彩**、太不可多得了！」

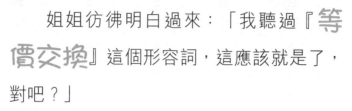

姐姐彷彿明白過來：「我聽過『等價交換』這個形容詞，這應該就是了，對吧？」

「對啊！而且，沒甚麼是免費的。你滿以為是免費的，到最後總會付出更多的啊！」媽媽轉向簡愛，提醒她說：「況且，你收取了報酬，也就是這個產品的宣傳人員，不再是你自己了。」

簡愛**痛定思痛**，她堅決地下了一個決定：「從今以後，就算別人給我報酬，我也不要再接甚麼宣傳或廣告了，我還是喜歡**暢所欲言**、不用受制於人的那個我！」

媽媽和姐姐搭着她的肩膊的手，同一時間加了點力度，兩人支持着說：「我們**支持你！**」

簡愛仍很高興自己試過了真正的 KOL 工作，但她也上了寶貴的一課，得知身不由己原來是一件多麼痛苦的事情。最後，她終於找到了真正的自己。

從今以後，沒有 KOL，只有簡愛。

第 **3** 章
二十週年之旅
【上篇】

今年的八月八日，是夏桑菊的爸爸夏迎峯和黃予思的爸爸黃金水，兩人相識**二十週年紀念日**！

兩位爸爸都表現得開心，特別安排了一趟西環導賞之旅，希望帶兒女認識這個地方，並且**懷舊**一番。

之前的一晚，夏桑菊在家中，聽到媽

媽 Princess 對爸爸説：「嘩，我不去啦！西環有很多斜路，以你這種喜歡發思古之幽情的性格，一定會帶我們攀山涉水、走上走落的吧？大熱天時我最怕離開有冷氣的室內地方，因為會流汗的啊！所以不要預我一份了，小菊代我去好了！」

43

爸爸慘遭媽媽拒絕，只好轉向夏桑菊，夏桑菊見到爸爸那種「至少還有你」的眼神，只好勉為其難地答應了。

黃予思在家中，聽到她媽媽對爸爸說：「你們兩個朋友相識二十週年，不是更應該兩個人好好慶祝一下嗎？不怕我去了會做了你們的電燈泡？」

爸爸說：「不會啦！我們兩個家庭一同出發，會更有意義的啊！」

媽媽反應奇快，靈巧地說：「就算我們去了，也只是替你們兩

個二十年朋友而高興罷了，你倆才是真正的**主角**啊！」

黃予思正在客廳看着卡通片集，聽見媽媽這一番見解，她也很認同，其他人只是**錦上添花**。

永遠像個頑童的爸爸，聽到老婆的話十分興奮：「對啊，我也總覺得夏迎峯和我很像一套英雄電影的男主角！就是那種兩手握着雙槍，背對背攜手在殺敵的帥哥啊！」

媽媽盯了説得眉飛色舞的爸爸一眼：「難道你認為在女兒面前應該説這些嗎？」

爸爸伸伸舌頭，連忙向女兒致歉：「乳

豬,那是**危險動作**,千萬不要學啊!」

黃予思回應:「不啊,爸爸説得很生動啊,我幾乎都可以幻想到那個**槍林彈雨**的畫面了,還要全部都是慢動作的哩!」

爸爸感動地説：「謝謝你！」

這個時候，爸爸的手機發出了接收信息的聲音，他拿起一看，臉上一陣失望：「唉啊，Princess 不去了，只有迎峯和小菊出現呢。」

媽媽聽見 Princess 不去，似乎找到了更充份的理由，微笑着説：「那麼，我也不去了，給你放一天假吧。」

爸爸也就不勉強她了，他把視線轉向女兒，無奈的説：「乳豬，你也不想去，對吧？」

黃予思知道爸爸很想與她**並肩同行**。她想想平日很少見到工作忙碌的爸

爸，跟爸爸好好暢玩一天機會很難得啊，所以她欣然地說：「當然不是，我想去啊，我也有很久沒有跟夏叔叔見面了。」

於是，兩個媽媽也不約而同地推辭了，夏桑菊和黃予思卻答應同行，變成一趟組合趣怪的親子旅行團。

八月八日的大清早，夏桑菊就被爸爸叫醒了：「小菊，我們要出發了！」

每天睡到日上三竿的夏桑菊，看看床頭的豬頭鬧鐘，駭然見到居然是清晨七時半！他真想馬上改變主意，但再看看表現得非常興奮的爸爸，他又不想掃興，只好硬着頭皮起床了。

由於他家在灣仔，而黃予思一家居住在旺角，所以兩家人分別出發，相約在西營盤等候。夏迎峯領着夏桑菊在八時半準時抵達巴士站，黃予思和她爸爸黃金水已抵達了。

兩個爸爸見到對方，表現得簡直像兩隻興奮的猴子。金水笑着說：「嘻，二十年前的這一刻，我倆就是在這裏撞見對方啊！」

迎峯看看手錶，語氣有着一陣感觸：「對啊，二十年前的八時三十三分，我向你問了路，然後我倆便認識了。」

二十年前的八月八日，是迎峯轉學去

一家叫群英中學的入學登記日，家住觀塘的他，乘搭了一架 101 的過海巴士，經歷了幾近一小時的車程，千辛萬苦才抵達了西營盤。

當年沒有智能手機，沒有 Google map，沒有只要説出一個地址，地圖就會帶領你去到目的地的那種事。夏迎峯手裏只有一個學校地址，但首次踏足西環區的他，完全不知如何是好，所以他一下了巴士便開始問路，但問了三個路人，他們也好像不想理睬他，冷冷留下一句：「不知道。」／「從未聽過這家學校。」／「我沒有車錢給你。」然後就擺擺手地走開了，

就好像他身上有甚麼病菌，急着想躲開似的。

迎峯看看手錶，時間是八時三十三分，學校登記時間已經開始了，他着急起來，也只好再接再厲。這時候，一個跟他年紀相若的男生，從巴士站旁的電子遊戲機中心步了出來，他硬着頭皮地走到男生

面前問：「請問一下，你知道巴丙頓道3號的群英中學在哪裏嗎？」

那男生個子小小的，但雙眼卻很精靈，他看看迎峯握在手中的那張學生登記須知，笑着問迎峯：「你是不是轉校生啊？」

「對啊！」

「嘻，新同學歡迎你啊！我也讀群英中學，一起走吧！」

迎峯剛被冷待，忽然又遇到熱情如火的人，居然有點吃不消。但他當然也很高興，滿心輕鬆地說：「好啊，我第一次來到西營盤，人生路不熟，請你多多指

教！」

「嘻，同校三分親，同性加十分！不要指教甚麼了，我倆來切磋一下啊！我名叫黃金水，即將升讀中四，你好！」

「嗯？你讀中四？我也是轉校來讀中四啊！」

「你讀哪一班？」

「中四戊班。」

這一驚非同小可，金水誇張地跳開了兩公呎，對迎峯露出訝異的神色：「我也讀中四戊班，原來我倆是同班同學啊！」

迎峯也給嚇呆了，一下子居然不知該作出甚麼樣的反應來。

金水反應比迎峯快得多，他真誠地說：
「我也不知道到底是巧合還是緣份，但很高興認識你！我們來做好朋友吧！」

迎峯正為了自己即將走進一所完全陌生的學校、即將面對一群完全陌生的同學而徬徨不已，金水突然而來的一句：「……我們來做好朋友吧！」令他不安的心變得踏實起來了。

他百感交集地答應：「好啊！我們來做好朋友吧！」

金水點點頭，打趣地說：「不知怎的，我有個預感，

我們會是一對很久很久的好朋友。」

　　迎峯也奇怪地感應到了，他認真一點頭：「我也這樣覺得。」

　　金水笑了，「好吧，成交！」他伸出拳頭，迎峯笑着跟他碰拳。

　　兩人就這樣並肩同行，金水領迎峯前往學校途中，路過一家叫「聯華茶餐廳」的食店，便走了進去。

　　「你未吃早餐吧？我請你吃個早餐。」

　　迎峯有點奇怪：「不是去登記嗎？」

　　「很多學生一早就在排隊了，八時半開放登記，校務處現在正忙得不可開交吧？疏導人龍也需要一點時間，所以

我們先吃個早餐吧，再等個半小時前去就能通行無阻，即時進行登記了。」

夏迎峯恍然大悟，這真是在校生才會知道的技巧吧？兩人也就先去吃他們的第一份「友情早餐」了。

夏桑菊隨着爸爸和黃叔叔走進那家聯華茶餐廳，內裏的格局一看就知是老店，也不知道有沒有開了半世紀呢？爸爸告訴他這是七十年的老店囉，把夏桑菊嚇一跳。

　　兩大兩小在一張靠近水吧的圓桌坐下，迎峯的神情又大大興奮起來：「金水，

記得嗎？二十年前的今天，我們也是坐這張桌！」

金水看着正在不遠處沖着**絲襪奶茶**的茶水師傅：「對啊！那時候，我的媽媽在鴨脷洲開粉麵檔，正準備轉型做茶餐廳，我總是想靠近水吧，向師傅們偷師一下，看看他們是如何運作。」

迎峯説：「我記得啊，你更告訴我，坐近水吧有個好處，就是食物總會最快送到。有時候，侍應生送餐上桌已過了幾分鐘，食物已經冷了，不好吃了。」

黃金水點點頭：「真的啊，開了餐館後，我更相信這個**金科玉律**：熱騰騰

的食物就是最好吃的食物！」

　　這時候，頭髮花白的老侍應走過來替大家下單，迎峯笑着問金水：「你還記得當時你點哪個餐嗎？」

　　金水説：「嘻，當然記得啊！我連你點了哪個餐和點了甚麼內容也記得一清二楚！」

　　兩人情緒很高漲，迎峯笑着挑戰：「好啊，我們就替對方點以前同一樣的東西吧！」

　　金水跟老侍應説：「來一客早餐D，腸仔蛋公仔麵的麵要爽身一點，餐飲熱阿華田，少甜。」

　　迎峯接口：「來一客早餐C，西煎雙蛋改炒蛋，雪菜肉絲米加一點點沙嗲醬，餐飲凍鮮奶。」

　　金水一邊拍掌一邊讚賞：「答對了！」

　　迎峯也振臂歡呼：「你才厲害，全中！」

　　兩人笑成了一團，開心到見牙不見眼，食客們都用奇怪的目光看過來。

　　其實，夏桑菊也不知兩位大叔在興奮些甚麼，他湊過頭偷偷問黃予思兩人在搞甚麼鬼啊？黃予思卻很明白地說：「他們想要的，就是那種真正踏進二十週年的『儀式感』吧！」

　　夏桑菊聽得一頭霧水：「何謂儀式感？」

　　黃予思告訴他：「簡單來說，儀式感就是使某一天與其他日子不同，使某一時刻與其他時刻不同的舉動，它讓我們對在意的事情更加銘記和珍惜。」

夏桑菊恍然大悟：「那麼，我想我也明白了。」

由於兩位爸爸年紀也不輕了，可説是青春不再，所以兩人也想在這一天，把舊日的足跡再走一遍、把舊陣時做過的事情再做一遍，恍如回到十七歲那年一樣。夏桑菊忽然明白了兩人的用心良苦，所以他知道今天該配合他們，不要破壞他們懷緬好時光的心情。

四人吃着早餐，夏桑菊覺得這老店真的沒甚麼特別，都是常見的火腿通粉、雞蛋三文治、熱奶茶等，有着舊冰室的風味，但沒甚麼驚喜可言哩。

迎峯提到這店的焗豬扒飯才真正好食，可惜早市沒供應。就連開餐館的金水也讚口不絕：「除了焗豬扒飯，還有乾炒牛河啊！我的茶餐廳一直想做好這個菜，但老實説很努力也做不到這裏的七成水準啊！」

見兩人説得眉飛色舞，喜愛吃焗豬扒飯的夏桑菊喊：「不如，我們午餐來吃焗豬扒飯和乾炒牛河？」

迎峯和金水有默契的互望一眼，迎峯神神秘秘地説：「午餐時段，我們有更好的安排。」

夏桑菊真的説不過爸爸，只好説拭目以待囉。

彩熊洗衣店
Tel:2544 XXXX

蘇蘇地產
招租
2544 XXXX
王小姐

咩
招租
2544 XXXX
郭小姐

Centre Street
正 街

吃完早餐後，金水領着迎峯步上正街的斜路，第一次前來西環區的迎峯，給那條恍如長到無盡頭的大斜坡嚇了一大跳，他問群英中學在哪裏啊？

　　「就在這斜路的最上面，之後只要過一條馬路，再走一段小斜坡就到了。」

迎峯給嚇壞了，心裏有種不如不要讀這一家學校的念頭，金水瞧見迎峯這副無可奈何的表情，好像非常理解的説：「你一定在想，以後每天也要在這條『長命斜』走上走落，一定很辛苦了吧？簡直冒起了想打退堂鼓的念頭吧？」

迎峯哭笑不得，這位新朋友真是料事如神啊。

金水，迎着陽光微笑，娓娓道來：「我四年前初來報到，跟你的想法也一樣，但每天來回走四遍，我慢慢就愛上了，每次走那段斜路時，就是我唯一可以靜下來思考的時間，你過了不久就會明白了。此

外，還有最重要的一點，就是我發現自己像個行山好手，**持之以恆**，連身體也好起來了，當作做運動也非常不錯啊！」

聽見金水這樣說，迎峯心裏有點釋懷了，但又出現了另一個疑問：「每天走上斜坡上學和走下斜坡放學，也不過是兩次罷了，為甚麼你每天要來回走四遍呢？」

金水吱的一聲笑出來，用說**悄悄話**的語氣，壓低聲音地說：「那是因為，學校附近的食店水準都很一般，價錢又貴，所以，若你想吃好一點，午餐時間也必須走下斜坡，有很多好店可選啊！」

迎峯呆了好半晌，終於完全明白了，

他哭笑不得：「午飯不好吃真的很嚴重！我明白你為何會寧願每日走四次斜路，以及為何你的身體會好起來了！」

金水承諾般説：「我會帶你吃盡西環區的優質美食，你放心吧！」

迎峯真沒想過，到了人生路不熟的地方，卻得到了支援與關照，他感動地說：「好啊，我決定留下來了！」他也就打消了不如掉頭而去的傻念頭。

　　炎熱的八月天，兩人步行了十分鐘腳程的大斜坡後，再走了一段兩分鐘的小斜路後，終於見到「群英中學」的牌匾了。

迎峯走得汗流浹背，連連在喘大氣。

反觀金水卻面不紅氣不喘的，他輕鬆地說：「三個月後，你也跟我一樣，好像剛才走的不是斜路，而是『如履平地』。」

迎峯氣喘得連說一句話也分成三段：「那就太好了⋯⋯我的身⋯⋯體實在是太⋯⋯孱弱了⋯⋯」不，原來是四段。

炎夏八月天，四人走到「群英中學」的牌匾前，而隔鄰則是「群英小學」。

迎峯感觸萬千：「我仍記得當年步上來，兩腿發軟的慘況

啊！但四年下來的群英生涯，走了超過四千多次斜路，即使到了現在，我再走任何斜路也不怕啦！」

金水嘻嘻笑：「證明我當時沒騙你吧！」

此話不假。迎峯和金水兩位大叔再走這條「長命斜」，真的氣不喘汗也不流一滴，沿路一直有講有笑，真的好像如履平地哩！

夏桑菊在小三這一年獨自乘巴士上學和放學，雖然走了也只不過是四百遍而已，但他也學懂了如何調節呼吸和均勻地運氣，所以只有輕微氣喘而已，也算得上是小見成效。

反觀坐校車的黃予思，每天上學一下校車便已到達學校門口、每天放學在學校門口便上車了，可説是「三步不出校門」，她愈走便愈慢，明顯就是體力不支了，夏桑菊只好也減慢步速墮後，跟她一起並肩慢步。

雖然如此，黃予思仍是懂得苦中作樂：「我們應該感到……非常……慶

幸⋯⋯要是兩位太太⋯⋯今日來了⋯⋯一
定會釀成血案啊！」

　　夏桑菊想到媽媽有可能脫下了高跟鞋
追殺爸爸的恐怖畫面，他感到**不寒而
慄**，完全認同乳豬的話。

　　由於學校在暑假期間並不開放，迎

峯和金水只好站在群英中學門前懷緬一番。

迎峯仍是一臉難以置信的「我倆讀書時,群英中學旁邊有幾幢舊樓,哪有想過會拆卸?更想不到的是,是給群英中學擴建小學校舍之用!」

金水是樂觀派,他仰望眼前豎立着的兩幢巨大校舍,保持着他一貫的樂天:「我們是舊校友,見到自己的母校愈來愈壯大,也很值得高興啊!」

本來帶着一點愁緒的迎峯,聽到金水這樣说,他也快樂起

來：「你説得也對！否則的話，我們的孩子又怎有機會在這裏讀書，踏着我倆以前踏過的路？」

金水向群英中學做出一個心心形的手勢，迎峯有點沒好氣，但他也模仿了金水的示愛行動，表達出他倆對群英「堅貞的愛」。

兩人轉頭看看他們的孩子，正想叫二人也給學校一個心心，但見到卻是滿臉渴睡的兒子，以及見到走得氣急敗壞的女兒，也不好意思強迫他們了。

第 **4** 章
二十週年之旅
【下篇】

　　在群英中學四周繞了一圈,也拍了很多張合照,迎峯和金水這兩位舊校友才**心滿意足**離開了。

　　然後,兩人領着兒女們,從群英的校舍慢慢散步去西環,由於只是行直路,不用再走斜路了,行程顯得輕鬆得多了。沿

78

途走過了著名的英皇書院、香港大學、擁有 16 幅大型壁畫的藝里坊等……迎峯和金水一路上做導覽人員，告訴兒女每個建築的歷史和特別之處。

走到一幢叫西營盤社區綜合大樓，迎峯告訴大家，這就是西環最著名的「高街鬼屋」。因它當年是精神病院，病人都沒有得到怎樣的善待，許多病人進去後

便從此沒機會出來了。所以即使後來病院荒廢了，仍是傳出不少**怪異傳聞**……

迎峯講述完這幢大樓的真實歷史，金水便接口説：「高街鬼屋太出名了，雖然已荒廢多年，但仍是吸引喜愛**靈探**的朋友。就在十年前的一個月黑風高的晚上，有六個少男少女決定走進去探險，沒想到他們才剛潛進房子內，六人的手機電筒功能即時壞掉。但這只是序幕而已。六人的手機忽然同時響起接收到信息的聲音，他們竟收到了同一張照片，照片上的——」

黃予思罕有地打斷了爸爸正説得**眉飛色舞**的話：「爸爸，我不要聽這些，

我夜晚會睡不着啊！」

　　差點忘記告訴大家，黃予思看似天不怕地不怕，但她最怕鬼！就別説看恐怖電影了，甚至電視只是播放鬼片的廣告，她也會嚇得跑進廁所裏躲避哩。

　　見乳豬嚇得面無人色，夏桑菊正想嘲笑她一下，但當他抬頭看看那幢綠綠灰灰的建築，即使現在是大白天，但不知怎的就是覺得鬼影幢幢，他心裏也是毛毛的，所以幫上一把口：「對啊，金水叔叔，我每天上學放學也會路經此地，恐怕會留下不可磨滅的童年陰影，你還是別説了啊！」

金水看見兩人像受驚的小白兔，他也就笑着閉上嘴巴了，反而迎峯給挑起了興趣，心癢難熬地問：「到底六人收到了甚麼照片，你偷偷告訴我！」

金水也就把迎峯拉到一角，在他耳邊説悄悄話，沒想到迎峯愈聽愈心驚，臉色驟變像個白面鬼！

當金水把故事説完，迎峯雙腳狠狠發軟，要把身子挨在一條欄杆前休息，他慘叫起來：「為甚麼要告訴我這些？我夜晚會睡不着啊！」

三人忍俊不禁地大笑起來。

中午時分，四人慢慢走到了石塘咀，

金水**如數家珍**地告訴大家，那裏就是著名香港驚慄愛情電影《胭脂扣》的主要拍攝場地，這個標準的電影迷，就連戲中出現過的那一段電車路也能清楚地指出，看起來又像要唸電影對白和準備講鬼故事了，**驚魂甫定**的迎峯阻止他：「快到午飯時間了，大家肚餓沒有？我們不如去吃飯囉！」

金水的神情比起提到電影更興奮：「好啊！我們去『**飯堂**』吧？」

「當然啊！」迎峯笑着說：「自從畢業以後，可以回到西環的機會不多，當然要去我們的『飯堂』緬懷一番！」

二十年前，迎峯初到西環這地方，甚麼也不懂，所以讀同一班的金水，就成了他融入社區的導師。

　　事實上，金水的話說得一點不假，在午飯時間，迎峯也試過在學校附近吃飯，但試了幾家，由食物質素以至價錢，沒有一家感到滿意，況且也由於幾間中學的學生同一時間放午飯，令每一家食店也塞得水洩不通，所以，迎峯便跟隨着金水，走到遠離學校的範圍覓食去了。

　　金水帶他走下斜路，回到兩人碰見的巴士站附近，指着前面一頭牛形狀的巨型廣告牌，店名「森美餐廳」：「這就

是我在西環最喜愛的兩家『飯堂』之一，
我首次帶朋友前來，希望你喜歡。」

迎峯懷着期待的心情跟金水走進餐
廳，試過了學校一帶幾家不好食的店子後，
他真有想過要不要攜帶媽媽提議替他做的
午餐盒回校啊。

首次踏進這家餐館，一看裏面是昏黃
微暗的燈光、紅色的瓷磚牆、鋪上格仔布
的餐檯、更有古董掛鐘，就像爸媽曾經帶
過他去過的**懷舊扒房**，用餐環境滿有
情調的。他覺得很有驚喜，但又擔心價錢
很昂貴，他每星期的零用錢真的不多啊。

侍應生把兩人安排到一個二人對座的

卡位，金水坐下來便興奮不已地告訴迎峯：

「太好了，我每次自己一個來，

大多數也是不得其門而入，因為

來的都是一群群的學生，起碼也

是兩個人同行，一個人很難安排到座

位的啊！」

迎峯看看西餐館周圍，發現全店

滿座，但有一半座位也給學生坐滿了，

真像學生飯堂。

金水說：「雖然，這家店的價錢是比

別家貴上一點點，但他們在午市時

有學生餐供應，食物也頗好味，

所以還是很值得一試。」

迎峯打開餐牌一看，這家店的確比學校附近的食店貴上兩成，但他指指餐牌説：「雖然，這店比較貴，但我們在學校附近吃的只有一個飯盒加一杯汽水。在這店的學生餐，卻有羅宋湯、主菜和飲品，再加三元可加購雪糕球一杯，還是**物有所值**的啊！」

　　聽到迎峯這樣説，金水拍拍胸膛，大大鬆口氣：「太好了，我多害怕你會怪責我帶你上了**賊船**啊！」

　　「我絕對不會這樣想。」

　　「為甚麼？」

　　「因為我們是朋友啊！我以後還有很

多時間向你追討損失！」

　　金水呆了一呆，然後大聲笑了起來：
「你説得對，我恐怕跑不掉了啊！嘻嘻！」

　　這一餐吃得迎峯心滿意足，讓他也把
森美餐廳視作了「食堂」。這讓金水的「預
言」應驗了，兩人真的每天把那條大斜路
走上四遍，每天也到處尋找好店子，成了
兩人中場休息（指學校午膳時間的短短一
個小時）的一種娛樂，兩人也很開心。

　　並且，迎峯覺得自己運動量非常充足，
身體也好起來了，以後行山和上落樓梯再
也不怕咧。

夏桑菊聽完森美餐廳的故事很興奮，
「那麼說，我們現在會去那家餐廳嗎？」

迎峯卻**搖搖頭**，用神秘的語氣說：
「金水叔叔不是說，森美是他在西環最喜
愛的兩家飯堂之一嗎？自從他帶我去過另
一家，那一家就正式榮升成為我倆最愛的
食堂了！我們現在就去那一家！」

夏桑菊沒想到**一山還有一山
高**，他開始餓起來了，
追問着說：「店名是
甚麼？」

黃予思看看兩位
叔叔，她沒好氣地告

訴夏桑菊：「小菊，難道你看不出他們正在賣關子嗎？我們一定要走到那一家的店門前，真相才會揭曉的啦。」

金水苦惱地看着女兒說：「你應該要假裝驚喜的嘛！」

黃予思翻翻白眼苦笑：「我很驚喜啊！」

讀了群英中學三年時間，金水和迎峯幾乎把西環區內所有大小食店都吃遍了，但有一家店，他們就是一直無法光顧，原因可笑又悲哀——因為他們根本不能順利走進店內！

群英中學有個問題，就是放午膳的時

間比其他學校遲上十分鐘，也別小看這十分鐘，它已經令到別校的學生捷足先登，將每一家食店都塞爆了，所以群英的學生老是哭笑不得。

兩人有一次吃飯後，走到石塘咀圖書館借書，見到圖書館對街上有一家讓兩人感到很驚訝的食店。

是的，讓兩人留意這一家店的，不是哪家店有甚麼亮麗的門面，而是數量多得誇張的食客，將那條小街的行人道也塞滿了，由於要讓行人路過，有些等位的食客甚至要站出馬路。

迎峯瞪目：「嘩！這一家也排隊得

太誇張了吧？是新店開張嗎？我們也該試
食一次！」

　　金水卻搖搖頭，每天放學後也去媽媽
的麵檔幫忙的他，對食肆自有一套看法，
他一眼便看穿。

　　「不啦，你看看那個已有鐵銹的大
招牌店名，還有店內的古舊樸實的格局，
可不是那種假裝懷舊的新店子可模仿得
來的，它該是幾十年的老店了吧！」

　　兩人湊近這家名叫「波記燒臘粉麵店」
的店子一看，只見裏面只有幾張圓桌，全
院滿座也只能容納二三十人而已，難怪候
位的人那麼多。

金水用非常確定的語氣說：「這店的招牌是燒鵝髀瀨粉。」

　　迎峯奇怪地問：「我們首次來到店門前，你怎麼知道啊？」

　　金水告訴迎峯他的覓食經驗：「每

波記燒臘粉麵店

馳名燒鴨瀨粉　　秘製柱侯牛腩　　雲吞水餃專家

次走到一家新食店，若是為了不知吃甚麼而茫無頭緒，我就會放眼到每一張桌子前，要是大部份食客也點上同一款食物，那道菜絕對不會差勁到哪裏去。」

於是，迎峯放眼留意店內一眾食客的餐點，**十居其九**也是燒鵝髀瀨粉，金水這個點餐的絕學，真要好好記住哩！

兩人也就給這家波記吸引住了，但輪候時間實在太長，午膳時間卻非常有限，兩人始終沒機會吃到。直至，中四下學期的大考完結的那一天，兩人努力溫習了整整三個星期，只覺得心力交瘁。

兩人**頭昏腦脹**地走出學校門口，金水伸了一個大大的懶腰：「我們要好好去慶祝一下！現在去哪裏好？」

　　迎峯看看時間是十一時多，比起平日的午膳時間早了很多，而這也剛好是各大食店開始午餐的時段，他**靈機一觸**：「不如，就趁着這一天，我們第一站就去光顧波記？」

　　疲累得眼皮只剩一條線的金水，聽到波記兩字，雙眼放大了三倍多，好像倦意全消，他又**精靈**地搞笑：「我要先問清楚，你指的波記，不是波記叮叮飯吧？」

　　波記叮叮飯是一個微波爐便當品牌，

在各大便利店有售，可供食客即時加熱食用。迎峯笑着説：「今日不！我們要好好善待自己，給自己一點獎勵啊！我們要去吃波～記～燒～鵝～！」

波記剛開門，迎峯和金水是第一批到埗的食客，直接可進店坐下，對兩人來説，這真是太夢幻的事情了！但是，兩人看着餐牌，卻又顯得猶疑不決。

雖然，兩人的目標也是燒鵝髀瀨粉，但它也是全店售價最昂貴的其中一道食物，盛惠五十大元！！迎峯看着便宜一大截的燒鵝瀨，不禁在想是否該退而求其次。

　　金水卻像知道迎峯心裏在想甚麼，他微笑說：「我們很難得才可以順利走進來吃一次，還要是慶祝考試完結，就應該選燒鵝髀瀨啊！」

　　迎峯即時被金水說服了，老夥計來下單，金水說：「兩碗燒鵝髀瀨，免切！」

　　迎峯摸不着頭腦，老夥計走開後，金水告訴迎峯：「免切全髀可鎖住肉汁，才不讓它流失。而且，一手拿起鵝髀咬，一手用筷子夾瀨粉，來來回回的，才夠霸氣的啊！」

　　迎峯瞪大雙眼說：「原來如此！太痛快了！」

　　「我媽在鴨脷洲熟食市場開的粉麵檔，附近有一家賣燒鵝的檔子，我特意去請教老闆，吃燒鵝髀的技巧啊！」

　　「難怪老夥計剛才對你露出了欣賞的神情，你好像是個食家啊！」

　　金水被讚賞了，他挺起胸膛滿足

地笑：「燒鵝髀很貴耶！當然要好好地研究啦！」

　　夏迎峯父子、黃金水父女在波記門前等候了大約半小時後，終於可入座了，小菊剛才一直嗅到燒鵝散出來的香味，簡直要餓昏了！

　　迎峯看到餐牌上的價錢，不禁苦笑一下：「嘩，一碗燒鵝髀瀨的價錢，居然已突破一百大元！」

　　金水歪着頭想了一下：「我們在二十年前吃的那一次，要不要五十元？」

　　迎峯看着天花板五秒鐘後説：「好像

要五六十元？我只記得，當年對我來說，那簡直就是天文數字了！」

金水**見怪不怪**地說：「自從我開了茶餐廳之後，才知道食材有多貴，還有燈油火蠟、租金人工等。二十年的加幅也沒有一倍，想也不算過分吧！」

夏桑菊卻給價錢嚇壞了，他指指餐牌說：「我要燒鵝瀨就好了，便宜近半啊！」

迎峯卻很堅持，揚手叫夥計：「不啦，今天由我們兩位老爸**請客**，來四碗燒鵝髀瀨，免切！」

四碗燒鵝全髀瀨送上桌，迎峯見到比起碗子還要大的鵝髀，好像乍見舊朋友，

他用手機拍照打卡後，望着金水說：「想不到這樣就過了二十年！要是在二十年前的八月八日，我沒有向你問路，不知道我們現在會怎樣了？」

性格樂觀的金水爽朗地笑：「日子還是會一樣過的啊！但我還是很慶幸你找我問路了。多了一個好朋友，人生好玩得多了！」

　　兩人滿有感受地相視一笑，然後充滿默契地拿起了飯碗上的那隻燒鵝髀，髀對髀的碰了一下，就像碰杯般。

　　夏桑菊覺得太有趣了，他也有樣學樣，拿起了自己碗裏的燒鵝髀，湊熱鬧的跟大家「碰髀」。

　　黃予思看着三隻碰在一起的燒鵝髀，好像卡通片裏的甚麼正義聯盟，只欠她一個就能夠變身了。她沒好氣地也拿起燒鵝髀，讓四隻髀貼在一起。迎峯和金水又是用手機瘋狂拍照打卡，誰也看得出這兩位老朋友真的很開心。

　　到了品嚐美食的時候，夏桑菊一口咬

下，鵝肉肉質嫩滑之極，濃郁的油香慢慢溶在口腔內。鵝皮燒得酥脆吃到卜卜聲，再嚐一下瀨粉和湯頭，鵝油滲入了湯底非常甘香，好吃到他想哭！

他既開心又失落：「真要命！今次吃完了，下次吃不到怎麼辦？」

金水突發奇想的大笑：「那麼，你現在便相約黃予思，在你們二十年相識紀念日，再來這裏吃一次啊！」

黃予思和夏桑菊對望了一眼，二十年後的兩人，應該是二十八、九歲吧，那真是太久遠的事情了，誰也不知道以後會發生何事啊，所以兩人的眼神都很迷惘。

夏桑菊知道的只有一件事：「那時候，一隻燒鵝髀可能要漲價到一千元，我會受不了啊！」

迎峯認真的訓示兒子：「那麼，你要準備二千元，那一餐也該是你請客的！」

夏桑菊只好用大大的燒鵝髀塞住自己的嘴巴，生氣得不說話了。

午後，四人走到西環佐治五世公園外，經過爸爸的導賞，才知道那些**盤根錯節**的榕樹依附在水泥牆，形成一道道的「**樹牆**」，原來都有上百年的樹齡了，香港有樹牆的地方也所剩無幾了。這讓他長了見識，也更熟悉西環這片地方了。

反斗群英
開心放暑假

　　黃昏時分，四人終於去到今天的最後一個行程：西環的卑路乍灣長廊公園。

　　站在海濱長廊的欄杆前，金水和迎峯看着遠遠的青馬大橋，和海面上的那顆像蛋黃般的夕陽。

　　金水説：「我仍記得，在中學時代，每次去完家長日後，媽媽就會帶我來這海旁吹吹海風，我知道她最愛就是大海了……當時少不更事的我，滿懷大志地跟她説過，我長大後一定要買一間對海的大屋，讓她每天也見到大海……」話到這裏，他

的聲音沙啞起來，說不下去。

　　站在一旁的黃予思伸個懶腰，對夏桑菊說：「我累了，公園內有些太陽椅，我們去坐一下。」

　　夏桑菊本來想說他不累啊，但黃予思向他打了個眼色，他只好跟她走開去了。

　　黃予思對他說：「我爸爸每次提到嫲嫲，都會傷心不已，我們讓他冷靜一下吧。」

　　一年前，黃予思的嫲嫲病逝了，夏桑菊知道金水叔叔和他母親感情很要好。雖然，他未試過有親友去世，但也明白這些對已故親人的思念。

　　夏桑菊轉頭遠遠看回去，只見海面金光閃閃，爸爸用力搭着金水叔叔的肩頭，在他耳邊細語安慰，夏桑菊雙眼莫名其妙便溼溼了。

　　他真想找到個好朋友，在二十年後，可讓他在傷心時仍然有個依傍。

第5章
奇妙的賞月之旅

　　姜 C 出生於一個奇妙的家庭。

　　奇妙在於，姜 C 的爸爸是個**奇人**，他經常會做出叫旁人覺得**匪夷所思**的事情，卻又習以為常。

　　那就正如，在炎熱的八月十五日，爸爸突然拍醒姜 C，興奮莫名地對他說：「C 君，快起床，我們要出發囉！」

　　姜 C 看看床頭的**小黃鴨**時鐘，時間居然是早上七時零五分，比起平日上學的

111

鬧鐘還要早呢！**睡眼惺忪**的姜C翻過

身向遮光窗簾那邊，懶懶地説：

「爸，我仍在放暑假啊！還有兩

個星期才要返學！」

「誰説我們要返學啊？今天是八

月十五，我們要去賞月啊！」

撐着一雙睡眼的姜C，聽到「**賞月**」

兩字，一股好奇心衝上心頭，他轉過頭問

爸爸：「賞月？現在是大清早，怎樣賞月

啊？」

「我們去賞月的地方比較

遠，現在出發，抵達目的地就

差不多是夜晚囉！」

姜C嚇呆了：「我們是要去月球賞月嗎？」

　　爸爸嘻嘻一笑：「快起床刷牙準備一下啦，媽媽差不多化好妝了，我們全家人一起出發啊！」

姜C更加**震驚**，媽媽懶得像一條蛇，是甚麼推動她在大清早就起床啊？他失聲地說：「媽媽每次化妝都超過半小時，她不就是六時半就起床了嗎？真是難以置信啊！」

爸爸做了一個**合十雙手、立地成佛**般的手勢：「我相信，你媽媽做得到的，你也可做到啊！」

姜C實在太佩服媽媽了，他變得非常期待今天會發生甚麼奇妙的事，由此就乖乖跳下床了。

一家人很少**出遊**，這天卻全家總動員了，除了爸媽和姜C，連同狗狗Anson

也一起出動了。Anson 一直猛伸着舌頭，非常興奮。

爸爸駕車到了中環的一個停車場，然後領着大家走去港外線碼頭的方向，姜 C 見到去離島的碼頭，又一陣驚喜：「原來，我們今天要搭船出海啊！」

爸爸嘻嘻笑：「對啊，我要走到船頭大叫『I'm the King of the World ！』」

姜 C 也跟着喊：「我也要！我要大叫『you jump, I jump』！」

兩父子一同高舉兩臂狂呼，好像在示威控訴水費和電費又加價！

化妝似乎太濃、好像一頭白面鬼的媽

媽提醒姜C：「兩位 I'm the King of the WALL，你們在船上要好好看管着 Anson，他掉進海裏就會九死一生的啊！」

姜C簡單地説：「我們買過另一條狗不就好了。」

Anson非常傷心地掉過頭去，姜C知道自己講笑講出禍來了，他連忙呵回 Anson：「我只是説笑吧了！我已把你視作兄弟啦！兄弟之間要相親相愛啊！」

Anson還是不肯理睬他，姜C只好一邊輕撫牠的背，一邊利誘着牠：「好吧，我等一下請你吃豐富大餐啦，你不要

生氣啦！」

「好啦，我原諒你啦！」

Anson轉過身子來，跟姜C互抱一下，又做回好朋友了。

踏上前往愉景灣的高速船，兩父子興致勃勃的想走去船頭，卻被船員趕回座位去，原來船頭是嚴禁前去的啊，這恐怕並不是鐵達尼號。

　　姜 C 去過的香港離島長洲、梅窩和南 Y 島（教中文的安老師代為更正，是南丫島，不是南 Y 島啊！），但從未去到愉景灣，他在船程也在**幻想**那是個怎樣的地方。

　　半小時後，船抵達愉景灣，有別於長洲的**熱鬧混亂**，你一停下腳步就會被人踩到鞋子或被人在身後推跌，這個地方感覺就是很**安靜祥和**的。

　　姜 C 餓壞了，爸媽在碼頭附近廣場的一家西餐廳坐下，讓姜 C 覺得很開心的是，這個小島好像對寵物很友善，每一家餐館都容許狗主帶着自己的**狗狗**來用餐。姜

C 可沒有騙 Anson 啊，自己點餐後，也替 Anson 叫了適合狗狗食的餐點，逗得 Anson 不斷用頭擦他的手背示好。

當侍應生將餐點送上桌，媽媽吃着意粉，姜 C 也跟 Anson 一人一狗咬着同一塊焦糖多士，卻發現爸爸看着他點的那碟全日早餐，在沉思着甚麼。

姜 C 提醒他：「爸爸，你留意一下，你點的這個餐並不是食物模型，原來它真是可以吃的哦！」

爸爸臉上卻一言難盡，他轉向媽媽說：「媽媽，你還記得這個全日早餐嗎？」

正努力用叉子捲着意粉、好像白面鬼

的媽媽，一副**不欲多談**的表情，但又掀掀嘴巴一笑：「不記得了……這是我們的秘密啊！」

姜 C 覺得這兩人相當有可疑！他聰明地說：「爸爸，你告訴我吧！只要你不把它當作**秘密**説出來，那就不算是秘密了啊！」

爸爸想想也對，見媽媽**笑而不語**，他勇敢地告訴兒子：「對啊，這根本就不是秘密嘛！要是沒有這個全日早餐，就不會有你啊！」

原來，在十二年前，當時單身的姜蔥走到愉景灣一日遊，他見這一家西餐廳面

向着大海那邊，就坐下來了，打算一邊看海景、一邊用餐。

他點的全日早餐很快便送來，他用手機拍了幾張，正準備開動，一個女子忽然走到他面前：「對不起！」

姜蔥很驚訝地問：「你有甚麼對不起我了？」

「我偷吃了……」

姜蔥嚴正聲明：「小姐，我很佩服你的坦白，但你偷食了，跟我一點關係也沒有啊！」

「其實，有關的啊！」那個高瘦的女子滿臉尷尬地說：「因為，我偷吃了

你的全日早餐！」

原來，剛才侍應生把姜蔥點的全日早餐拿錯到女子那檯了，餓壞了的女子吃了一片火腿和幾片生菜，猛然記起自己居然忘了「打卡」！

所以，她拿起了手機拍照，侍應卻慌忙走過來，告訴她這個全日早餐送錯了，便拿起碟子就走，女子卻不知怎告訴侍應，她已吃了幾口啦！

女子對姜蔥說：「雖然，好像也看不出已吃過了，但我還是很不好意思，只好硬着頭皮，走過來跟你道歉囉！」

姜蔥很驚訝：「你真是個好人，我

原諒你啦！」

女子因姜蔥的反應而失笑了。

女子不知如何處理這個已吃了的餐盤，要賠償還是怎樣呢？

姜蔥**靈機一觸**的説：「你坐在哪裏啊？我跟你一同坐，調換回彼此的全日早餐，不就好了嗎？」

女子愉快地笑了：「好啊！我獨個兒吃東西，有人陪着我會更開心！」

所以，二人就是這樣……不「吃」不相識。

姜Ｃ簡直像聽着**希臘神話故事**：「然後，就生下了

我嗎？」

　　姜爸兩眼朝向天花板大概兩分鐘，才回答兒子：「中間還是有一些過程……但結果就是有了你囉！」

　　媽媽一直笑：「聽你這樣説來，倒像是我想主動認識你啊！」

　　姜爸神情一驚：「你不是嗎？」

　　「早知我就不告訴你，讓你吃我的口水尾！」

　　「你不告訴我，我根本不知道在吃你的口水尾，那對我又有甚麼影響啊？難道你的口水有毒嗎？」

　　姜C看着爸媽在不停鬥嘴，他快給

兩人笑死了。

　　中午時分，三人一狗走到愉景灣美麗的海灘，姜C興奮地脫掉了鞋襪，走去淺水處踢水，沒想到的是，爸爸也有樣學樣，踢掉鞋子就跑進水中，不知是否興奮得失去理智，他直衝進海裏去，也不理衣

褲被海水濕透，即場便游泳起來。

姜 C 見爸爸如此任性，他也歡呼了一聲，也迎着沖過來的浪花，跑進水裏去。Anson 當然也加入了游水行列，表演牠四腳爬爬的狗仔式。

媽媽在沙灘上還想罵甚麼，但她小聲地說：「我們這一家真是太……**超乎現實**了！」然後，她便打着傘，坐到細白的幼沙上，笑瞇瞇看着兩父子在嬉水了。

　　一小時後，姜C和爸爸曬得像黑炭頭、全身衣服滴着水的上岸，沒想到媽媽給每人遞上一個大膠袋，膠袋內有一套全新的衣褲甚至新內褲，是她在碼頭旁的服裝店購買的，兩父子高興地接過，想不到有新衣服穿囉！

　　看看**渾身濕透**了的 Anson，只須要用力晃動着全身的毛，身子便已乾得**七七八八**，連衣服也不用穿哦！

所以，姜 C 有時候也不得不承認，做狗真的好過做人啊！

一家人玩到傍晚時分，期待的一刻來到了——又大又圓的月亮終於在天空出現了……咦？這個形容不對啊，姜爸發現月亮居然是半月形的，跟又大又圓根本扯不上關係啊！

姜爸張圓了嘴巴，失望地說：「今天不是八月十五嗎？月亮不是圓的嗎？」

媽媽好心提醒他：「今天的確是八月十五，但農曆八月十五才會有月圓，今天卻是西曆八月十五啊！」

姜 C 也哭笑不得：「爸爸，我今早還

以為你要施魔法，變出一個圓月來，沒想到你原來只是弄錯時間啊？」

爸爸從他的背囊裏拿出了兩個大大的月餅，氣餒的說：「太可憐了！我來到這裏，就是為了可以在一望無際的海景前賞月啊！」

媽媽卻一手拿過月餅，貪婪地舔着下唇說：「一點也不可憐！無論月圓月缺，只要一家團圓，每天也可以是中秋節！」

姜爸聽到這句話，不禁眼淚汪汪，非常認同的點頭說：「對啊，最重要就是一家人在一起！」

饞嘴的姜C只關心一件事：「月餅是

甚麼味道？」

　　「雙黃白蓮蓉。」

　　姜 C 開 心 不 已：「太 好 了！我 和

Anson 最愛這個味道！」

姜爸苦笑不得：「我一直奇怪，每年也很難買到雙黃白蓮蓉的啊，今年貨架上卻有很多，原來真相居然是這樣啊！」

於是，一家人坐在對着大海的長椅上，品嚐着好味的月餅，觀賞着天上彎刀似的月亮，度過了開心的一天。

132

第 **6** 章
祝各位學業進步

八月二十五日，已移民到 英國 的呂優在網上開設了一個聊天室，請各位小三戊班的同學加入。

由於之前已在家中上過 網上授課，各同學很快便登入了聊天室，電腦熒幕上現出了六格乘五格的三十個方格，每個方格都有着一位同學的樣貌，沒想到居然會 全體出席 呢！

本來個子小小、很瘦弱的呂優，看起

來好像長胖了，「各位同學，大家好！」

由暑期七月頭至現在八月尾，很多同學已有一個多月沒見了，雖然每個同學也只佔上小小的一個方格，但大家也遮掩不到興奮之情，用力向着鏡頭揮手**打招呼**。

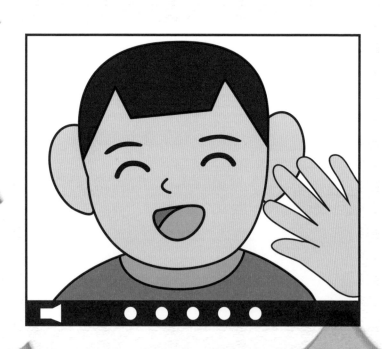

孔龍把臉湊近平板電腦的熒幕，看清楚變了肥豬頭的呂優，他驚訝地說：「呂優，你在搞甚麼啊？你去了英國才兩三個月，為甚麼像胖了④十磅？」

　　呂優摸摸自己的臉，無奈地說：「英國人吃的食物，不是炸魚薯條就是英式三層盤點心下午茶、或是三層芝士煙肉漢堡包，我恐怕是吃太多了！」

　　孔龍哈哈大笑：「你在香港一向骨瘦如柴，在外國卻迅速變了『我的鯨魚老爸』，可見移民也不一定沒有好處啊！」

　　這時候，姜Ｃ叫：「孔龍，你可否遠離鏡頭多一點，我見到你好像一隻大頭

狗，我的狗狗 Anson 正值發情期，他好像要發狂了！」

二十九個同學一同發出笑聲，孔龍生氣地一連退後了三十呎，遠到好像火柴人，他大喊但聲音很微弱：「這樣可以了嗎？」

胡凱兒問呂優在英國是否在放暑假，呂優告訴大家：「香港的小學採用夏季、冬季二學期制，英國則是採用春季、夏季、秋季三學期制，暑假是六月至八月中，所以我已經開學了一整個星期了。計起來，你們該是一星期後開學……對了，你們做好暑期作業沒有？」

　　這話一出，至少有二十個同學才記起有「暑期作業」這回事，一向悲觀的叮蟹同學抱着頭痛苦大叫：「我在放假到現在，從沒打開過書包，我連書包也不知放到哪裏去了！」

　　夏桑菊用「極度友善」的溫暖聲線說：「尚有一星期便開學，呂優同學，你會幫我們吧？」

呂優聳聳肩苦笑：「遠水不能救近火，我幫不了啊！未來的日子裏，你們真要靠自己囉！」

姜C一副天塌下來也不怕的樣子：「不用怕！只要我向班主任露出一個天真無邪的微笑，我不做暑假作業，她也會原諒我的啊！」

曾威峯嘿嘿地奸笑：「但你的新班主任有可能不是 Miss，而是阿 Sir 啊！你的微笑行動不奏效之餘，應該更會被多記一個小過吧！～微～笑！」

姜C大驚，即時腦筋急轉彎：「那麼，我要出動眼

淚攻勢了！我含着一泡眼淚向老師求饒，他們一定會給我那些空白的作業 100 分！」

這一次，連一向冷靜的黃予思也忍不住插嘴了：「姜 C，小學四年級也算是高小生了，一個讀高小的男生仍在哭哭啼啼，無論是 Miss 或阿 Sir，也會給你 -100 分！」

姜 C 用兩掌按着雙頰，壓成了一個豬臉：「他們太狠心了！我應該怎樣做啊？」

這時候，二十九把聲音同時響起：「怎樣做？快開始做暑期功課啦！」

呂優笑了起來，規勸大家：「大家

也玩了大半個暑假，抽一星期做做作業也不算過分吧？希望你們都會順利做妥啦……最後，我想說的是——」

呂優說到這裏就停下來了，火柴人孔龍在三十呎外喊：「別賣關子了，我要去廁所了！」

呂優合十着雙手，作了一個祈禱狀，向着大夥兒真心真意地說：「我的好同學們，祝你們在新學年開學大吉！學業進步！成績突飛猛進！讓我們一起來加油啊！」

小三戊班各同學，齊心地說：「各位同學，加油！」

反斗群英 第一季完結

拼圖遊戲

請選出空格的拼圖。

A　　　B　　　C　　　D

書　　名　反斗群英8：開心放暑假
作　　者　梁望峯
插　　圖　安多尼各
責任編輯　王穎嫻
美術編輯　郭志民
協　　力　林碧琪　Key
出　　版　小天地出版社（天地圖書附屬公司）
　　　　　香港黃竹坑道46號新興工業大廈11樓（總寫字樓）
　　　　　電話：2528 3671　　　傳真：2865 2609
　　　　　香港灣仔莊士敦道30號地庫（門市部）
　　　　　電話：2865 0708　　　傳真：2861 1541
印　　刷　亨泰印刷有限公司
　　　　　柴灣利眾街德景工業大廈10字樓
　　　　　電話：2896 3687　　　傳真：2558 1902
發　　行　聯合新零售（香港）有限公司
　　　　　香港新界荃灣德士古道220-248號荃灣工業中心16樓
　　　　　電話：2150 2100　　　傳真：2407 3062
出版日期　2023年7月初版・香港